LEVIA GRAVIA

GIOSUÈ CARDUCCI

Redìa, su 'l volto amico
Insaziato ancor l'occhio redìa,
Qual di figliuolo che per lunga via
Si mette, e al padre antico
Guarda, pensoso del lontan ritorno,
Ne la fredd'ombra de l'occiduo giorno.
Pur rivederlo a sue bell'opre atteso
Mi promettea speranza,
E ne gli onesti ragionari acceso
Di fede avvalorarmi e di costanza.
In van: per sempre è muto
Quel di semplice eloquio inclito fabro
Quel mite ardente intemerato labro;
E l'occhio, ahi quell'arguto
Da le assidue vigilie occhio conquiso,
Più non si leva a' dolci alunni in viso.
E voi vivete, o titolati Gracchi,
E voi con doppia lingua
Ben provvedenti Bruti a' cor vigliacchi,
E voi Caton cui libertade impingua.
V'approdaron, civili
Rosci, il tragico stile e l'alte spoglie!
Ma in van mentite, o istrion, le voglie
Oblique e l'opre vili
Sott'esso il fasto de l'eretto ciglio,
Famosi oggetti al popolar bisbiglio.
Ei per le vie, che non de gli aurei cocchi
Ma suonan di frequente
Opera industre, oh quante volte gli occhi
A sé traea del vulgo reverente!
Usciano in suo cammino
I vecchi salutando, ed a la prole
Con ischietti d'amor cenni e parole
Segnavanlo e al vicino:
Or di lui forse in su la stanca sera
Pensan con un sospiro e una preghiera.
Non un pensier, ch'io creda, a lui concede
Il vulgo che beato
Con largo fasto e misera mercede
Ne pagava i precetti e il mal sudato
Tempo ingombrògli. Umano
De gli anni nuovi educatore, ahi cruda
Volge l'età pur sempre, e de l'ignuda
Virtù l'esempio è in vano:
Povero fior d'atra palude in riva
Muor né d'olezzi il grave aer ravviva.

VII

ALLA LOUISA GRACE BARTOLINI

A te, sciolto da' languidi
Tedi lo spirto, e anelo
Del vital aere al fremito
Ed a l'effuso cielo,
Sorge: dal cuor rimormora
L'aura de' canti, inclita donna, a te;
A cui ne' tcchi rapidi
D'animator pennello
E ne' frenati numeri
La memore del bello
Idea sorride e tenero
Senso e del bene l'operosa fé.
O desta a i forti palpiti
Che viltà preme in noi,
Nata a i concilii splendidi
De i vati e de gli eroi,
Salve, Eloisa, armonica
D'altre genti figliuola e d'altre età!
Perché tra i vecchi popoli
Venisti e a gli anni tardi,
Quando gli eroi si assoldano,
Spengonsi i vati e i bardi,
E si scelera l'ultimo
De l'oscurato ciel raggio, beltà?
Altr'aer ed altro secolo
L'attea Corinna accolse;
E, quando ella da' rosei
Labbri il canto devolse,
Tutto pendeva un popolo
Da l'ardente fanciulla affisa al ciel.
Fremea sotto la cetera
L'onda alterna del petto:
Da le forme virginee
Ineffabil diletto
Spirava; ma le lacrime
Splendido a' folgoranti occhi eran vel.
Stupian mirando i prìncipi
E i figli de gli Achei
Poggiati a' colli madidi
De' corridori elei:
Cantava l'alta vergine
La sua patria, i suoi dèi, la libertà.
Ed oblioso Pindaro
De la ceduta palma
Parea per gli occhi effondere
Il sorriso de l'alma,
Rimembrando Eleuteria
Che tra i popoli salvi inneggia e va.
Ma ben, come da sùbita
Procella esercitate,

Le selve atre germaniche
Suonâr, se a l'adunate
Plebi i cruenti oracoli
Apria Vellèda e de le pugne il dì.
Tra l'erme ombre de' larici,
Da la luna e dal vento
Rotte, la vergin pallida
In nero vestimento
Alta levossi, a gli omeri
Lenta il crin biondo onde null'uom gioì.
E cantò guerre, orribili
Guerre; e a la cena immonda
Convitò i lupi e l'aquile;
E tepefatta l'onda
De' freddi fiumi scendere
Vide tarda fra i corpi al negro mar.
Lungo andò allor per l'aere
Rombo da i tcchi scudi:
Precipitâr da' plaustri
Le madri, e con l'ignudi
Petti la pugna accesero
O ululando le marse aste affrontâr.
Ahi, dov'è pompa inutile
Al vivere civile
La donna, ivi non ornasi
Il costume virile
Di forza e verecondia,
E turpe incombe a' gravi spirti amor.
Ma tu, Eloisa, l'agile
Estro di Suli a i monti
Invia, dove più gelide
Mormoran l'aure e i fonti,
E molce i petti liberi
Canto d'augelli e balsamo di fior;
E dinne la bellissima
Sposa d'eroi Zavella,
Che pur con l'una stringesi
Il nato a la mammella,
Con l'altra mano fulmina
L'oste premente e gli orridi bassà.
De le polone femmine
Ridinne i canti amari,
Che di lor vene tingono
I supplicati altari
O chieggono a la Vistola
Tra cotanta di spade impunità
Gli spenti figli. O candido
Stuolo, lamenta e muori,
In fin che basta il ferreo
Tempo de gli oppressori,
E pur cadendo mormora
— No, che la patria mia morta non è. —

Già la rivolta affrettasi
Fosca di villa in villa,
Turbina il vento ed agita
L'animatrice squilla,
E il nuovo carme a' liberi
Popoli suona su i caduti re.

VIII
PER RACCOLTA IN MORTE DI RICCA E BELLA SIGNORA
Sparsa la faccia bianca
De la fuggente vita,
Con la persona stanca
Abbandonarsi a l'ultima partita
Lei che sposa virginea
Pur or ne arrise di beato amor;
Sentir com'angue gelida
E questa e quella mano;
Gli occhi mirar che vitrei
Orribilmente nuotano nel vano
Forse in cerca de i pargoli
A lo sguardo nascosi ahi non al cor,
De i pargoli che muti
Intorno al letto stanno
Rigando i volti arguti
Di lacrimette, ed il perché non sanno,
E come sogno i fervidi
Baci materni penseranno un dì;
E intorno l'ombra stendersi
De la morte odiosa,
Mentre pur su 'l cadavere
Si lamenta con Dio la madre annosa
Ch'abbia a compor ne l'ultima
Pace chi a premer gli occhi suoi nutrì;
Deh quanta pièta! E pure
Dolori altri secreti
Conosco, altre sventure,
Che di solenni lacrime a' poeti
Non chieggon pompa. Apritevi,
De la miseria antri nefandi, a me.
E tu che in quelle fetide
Paglie mal sai celare
La nudità che informasi
Da l'ossa attratte e orribile si pare
Tra i pochi cenci luridi,
Forma dolente umana, oh qual tu se'?
Il secco occhio splendente
Con le pupille ignave,
Il sudor che di lente
Righe solca le tempia oscure e cave
E rappreso su l'umida
Fronte il cinereo mal piovente crin,

E quel vermiglio lurido
Ne le saglienti gote,
Quel faticoso anelito
Da l'osseo petto cui la tosse scuote
Acre profonda ed arida,
Quel sangue de la bocca in su i confin,
Annunzian, fere scorte,
La grande ora suprema.
Al passo de la morte
Niun la prepara? e niuno è che qui gema?
Ecco: un parvol si strascica
Su quelle paglie, e chiede pur del pan;
E un infante co 'l rabido
Vagito de la fame
Contende, ansa, travagliasi
Co 'l viso macro, con le dita grame,
Intorno de l'esausta
Poppa. Ella guarda, e a sé lo stringe in van.
Lente cadon le braccia,
Il guardo le si vela,
E pia morte la faccia
De gli affamati suoi figli le cela.
Devoti essi a la livida
Colpa ed al vorator morbo son già.
L'uomo, doman, che tolsela
Vergin bella e pudica,
Su 'l deforme cadavere
Darà un guardo tornando a la fatica
Usata. Ozio di piangere,
Dritto d'amare il misero non ha.

IX
PER NOZZE
IN PRIMAVERA
Or che un agil di vite innovatore
Da la materia spirito s'esplìca,
E sona d'imenei la selva antica,
E su la terra il ciel folgora amore,
Cedi al sacro disio, de l'amatore
Va' ne gli amplessi, o vergine pudica:
Natura vi consiglia e l'ora amica,
De la fugace età cogliete il fiore.
Né v'offenda il pensier che men gradita
Stagion sottentra a questo riso alterno
Del giovin anno che a goder ne invita:
Ne' cuor gentili amor vampeggia eterno,
Come infuso pe 'l globo a lui dà vita
Il perenne ed antico ardore interno.

X

PER LE NOZZE DI UN GEOLOGO
 [PROF. G. C.]

O scrutator del sotterraneo mondo
Cui mal pugna natura e mal si cela,
Che a gli amor tuoi nel talamo profondo
Sua virginal bellezza arrende e svela;
In questo de' viventi aer giocondo
Leva gli occhi una volta e l'alma anela:
Qui sorriderti vedi un verecondo
Viso, e la madre a te l'adorna e vela.
E qui saprai se più potente insegni
Amore il varco a' chiusi incendi etnei
O più soave in cuor di donna regni.
Riconfortato poi, dal sen di lei
Torna a giungere ancor, né se ne sdegni,
Con la sacra natura altri imenei.

XI

L'ANTICA POESIA TOSCANA
 [NELLE NOZZE DI I. D. L.]

Su le piazze pe' campi e ne' verzieri
D'amor tra i ludi e le tenzon civili
Crebbi; e adulta cercai templi e misteri,
Scuole pensose ed agitati esilî.
Or dove son le donne alte e gentili,
I franchi cittadini e' cavalieri?
Dove le rose de' giocondi aprili?
Dove le querce de' castelli neri?
Povera e sola a la magion felice
Ecco ne vengo, ove m'invidi un pio
Amor che mi restava, o incantatrice.
Apri, fanciulla; ché se tempo rio
Or mi si volge, i' vidi già Beatrice:
Apri: la tosca poesia son io.

XII

SCIENZA AMORE E FORZA
 [PER LE NOZZE DI P. S. FILOSOFO AL FRATELLO DELLA SPOSA UFFICIALE]

Ecco, al caro garzon che la inanella
Move la tosca vergine pudica,
A cui nel riso de la fronte bella
Raggia il fulgor di Beatrice antica:
Ed ei dal suol che il ionio mar flagella
Ultimo e accesi i monti e i cuor nutrica
Qui venne, e lo scorgea l'ardua facella
Onde Vico fugò l'ombra inimica.
Tale, ove i cuor fe' tirannia sì scarsi
Vola or da i fin de l'itala contrada
Sapienza ed amore ad abbracciarsi.

Che se rea forza s'interpone e bada,
Ben tra i canti e tra i fiori a l'aura sparsi
Anche, o Giorgio, fiammeggia oggi una spada.

XIII
LE NOZZE
(FESTA DI GIOVANI E DI FANCIULLE)
I DUE CORI
Ne la stagion che il ciel co' le feconde
Piogge nel grembo de la madre antica
Scende e l'eterna amica
Co' vegetanti palpiti risponde,
E gemiti e sospiri e arcani accenti
Volan su' molli venti
E la festa e il clamor de gl'imenei
Nel canto è de gli augei;
Quando, de le foreste al lento giorno,
Accennando del vertice ondeggiante,
Fremon d'amor le piante,
E un fresco effluvio va su l'aure intorno;
Quando al sol nuovo di pudico ardore
Dal verde letto fuore
S'invermiglia la rosa, ed il suo duolo
Canta a lei l'usignuolo;
Su la tepida sera e con la stanca
Luna che sorge e va tra gli odorati
Vapor benigna e i prati
Arsi rintégra e i verdi monti imbianca,
Tu a l'opre de la vita a le tue leggi
La giovin coppia reggi
E guida, o sacra, o veneranda, o pura
Madre e diva, natura.

PRIMO SEMICORO DI GIOVANI
Qual nel roseo mattin lene si solve
Lucida visione e come stella
Di sua bianca facella
Segna cadendo a l'alta notte il velo,
La fanciulla trasvola. Oh chi del cielo
La pace e il riso ne' begli occhi infuse?
Chi tanta circonfuse
Gloria di raggi a la gentil persona?
Tenebra e gelo, ov'ella n'abbandona,
Contragge l'aer e i cuor; ma seco adduce
L'ardore ella e la luce,
E sotto il bianco piè fiorisce aprile;
E l'aure e l'acque e i fior con voce umìle
Mormoran di sommessi amor richiami,
E più dolce tra i rami
Corre la melodia di primavera.

Quasi canzon lontana in su la sera
Ne i lidi antichi de la patria udita
Onde fu la partita
Grave e n'arride in cor dolce il ritorno,
Suona la voce sua. Ben venga il giorno
Che di novelli sensi una vaghezza
Colori sua bellezza
Come il sol primo adolescente fiore,
E là si svegli dove or dorme amore.

SECONDO SEMICORO DI GIOVANI
Allor risponde ad ogni offesa — amore —
Dante con viso d'umiltà vestito;
E ne l'alto infinito
Come in sua region s'affisa e mira;
Ed un rombo di bianche ali l'aggira;
E pur tra il fumo de l'italiche ire
Scender vede e salire,
Quasi pioggia di manna, angeli al cielo.
Allor contempla il Buonarroti anelo,
E sovra il marmo combattuto posa
Lento la man rugosa
Dinanzi al folgorar di due pupille.
Ma tu, Sanzio gentil, tante faville
Giungi a' tuoi chiusi ed immortali ardori,
Quante pe' bei colori
Chiedi a la terra e al ciel forme divine.
Ahi troppo amico di tua morte! al fine,
Come arboscel che d'una rupe orrenda
Avido si protenda
A ber la luce e il sol, tu langui e spiri.
Tale, ove pieghi de' begli occhi i giri
Costei cui donna il vulgo e Beatrice
Chiama il poeta, indìce
Lor fati a l'alme, e sovra l'arte regna,
Di bellezza e d'amor vivente insegna.

I DUE CORI
Così pronta e leggera
Per tempeste di mari
La rondinella a i cari
Liti e al suo nido affretta,
Ché il ciel mite l'aspetta — e primavera,
Come voli tra' fiori
Tu al cupido marito;
E tal cervo ferito
Tende a montano rivo,
Qual ei tutto giulivo — a i dati amori.
Tu togli, amor possente,
La vergine al suo tetto,

Tu lei togli a l'aspetto
E al bacio lacrimato
De l'uno e l'altro amato — suo parente;
A novo ostel la guidi,
Ad altre cure e sante;
E al consecrato amante
Lei timida e vogliosa
Doni moglie, e pietosa — amica fidi;
Onde poi si rinnova
La social famiglia;
Dove, se amor consiglia
Al vero al buono al retto,
Virtù fiorisce e affetto — in bella prova.
Fanciulla, or t'abbi in core
Pur tra' pensier più cari,
Che de' pudichi lari
In te posa la fede,
Che del costume siede — in te il valore.
Tu lasci i primi gigli,
E cambi a più gentile
Questo tuo stato umìle;
E il saprai quando intorno
Ti fioriranno un giorno — i dolci figli.

PRIMO SEMICORO DI FANCIULLE
Qual chi de l'esser suo toccò la cima
Tranquilla e gloriosa ella ne viene:
Diffuso ha per le gene
E ne la fronte di letizia il lume.
Attende; e poi, qual con le aperte piume
Colomba al pigolar de la covata,
Ella corre beata
E d'amor radiante a un picciol letto.
Denuda, o vereconda, il casto petto;
Dischiudi, o bella, il tuo più santo riso:
Il pargoletto affiso
Ne la tua vista i novi affetti impari.
A te co 'l riso egli risponda, i cari
Occhi parlino a te. Sveglia co 'l senso
Nel picciol cor l'immenso
Intendimento de la vita umana.
O de le semplicette alme sovrana,
O pia de' novi cuori informatrice,
La steril Beatrice
Ceda a te, fior d'ogni terrena cosa.
Talamo e cuna è l'ara tua: l'ascosa
Corrispondenza è quivi, onde si cria
Quell'eterna armonia
Che de' petti domati in fondo aggiunge
E la famiglia a la città congiunge.

SECONDO SEMICORO DI FANCIULLE

Allor, perché da le sue case lunge
Voli di servitude il dì nefando,
Cade l'eroe pugnando,
E ne la luce de i cantor rivive;
E contro l'Asia, che di forme achive
Ornar vuole a' tiranni il gineceo,
Suona su per l'Egeo
Il peàna e la sacra ira d'Atene.
Sorge de i re contro le voglie oscene
Il gran giuro di Bruto, e su le spoglie
De la pudica moglie
Libertade a la lor fuga sorride.
Tremi le squille ancora e l'omicide
Sicule furie qual porrà la mano
Dominatore strano
Su le donne de' vinti, o le vendette
De i secreti pugnali. A noi permette
Altri l'età miglior voti e speranze,
Se de le molli usanze
Vinca le oblique insidie ìntegra l'alma.
Or vienne, o giovinetta: or, palma a palma
Stretta co 'l tuo fedele, entra d'amore
Nel tempio: ma il pudore
Che la vergin tingea de la sua rosa
Non si scompagni da la nova sposa.

I DUE CORI

O te felice, o sopra
Il nostro infermo stato
Te cara al ciel! beato
Il letto de' tuoi amori,
S'ombra de' propri fiori — avvien che 'l copra.
Ma in cor ti sieda impresso
Ch'ogni piacer più caro
Ti tornerà in amaro
Senza i baci e gli accenti
De' pargoli innocenti — e il puro amplesso.
Ahi, la non degna sposa
Ch'odia di madre il nome
Stolta e crudele! Come
Talento reo la sprona,
A danze si abbandona — furiosa:
E in tanto, o empia!, langue
Su mercenario petto
Il caro pargoletto,
E d'altrui baci impara
Disconoscenza amara — del suo sangue.
Ma, quando di restìa
Vecchiezza il corpo offeso
Sente de gli anni il peso,

A lei non per soave
Cura figlial men grave — è l'età ria.
Muore; e non di sua prole
Il pianto e il bacio estremo
Non il vale supremo
La misera conforta:
Questo natura porta — ed il ciel vuole.
Ma tu più saggia il fiore
D'ogni piacer ritrova
In questa cura nova.
Così nel bel disio
Ti benedica Iddio — t'arrida amore.

XIV
POETI DI PARTE BIANCA
— Duro, marchese, allor che de la vita
L'arco piega e il pensiero in su le bianche
Urne de' padri si raccoglie intorno
A i templi noti, oh duro allor, marchese
Malaspina, lasciar la patria! A cui
Rida nel core e ne le forti membra
La giovinezza, è un'avventura, un gioco
De la vita che s'apre a nuovi casi,
Con l'esilio mutar le dolci soglie
De la magion de' padri suoi. Ma io
Non vedrò più da l'Apparita al piano
La mia città fiorente; ahi lasso, e lunghi
Corron due lustri omai che aspetto e piango!
Come serena tra le negre torri
S'inalza e quanto già de l'aer piglia
Santa Maria del Fiore! Io la mirava
Da' lieti colli ove lasciai me stesso,
E tutta a gli occhi s'affacciava l'alma,
Allor che il magno imperador s'assise
A Firenze con l'oste. Ed io 'l seguiva,
E rividi la mia villa diserta
Da Carlo di Valese; e i luoghi usati
Io non conobbi più, né me conobbe
La nuova gente. Ora il cortese il giusto
Il magnanimo Arrigo è morto; e giace
Tutta con lui de gli esuli la speme. —
Tal parlava Sennuccio, un de gli usciti
Cittadin bianchi di Firenze, in rima
Dicitore leggiadro; e fosco in tanto
Battea la ròcca di Mulazzo il nembo,
E la tristezza del morente autunno
Umida e grigia empiea le vaste sale
Di Franceschino Malaspina. Acuta
Guaiva a' tuoni una levriera, e il capo
Arguto distendea, l'occhio vibrando
Dardeggiante e le orecchie erte, a le verdi

Gonne de l'alta marchesana. A lei
D'ambo i lati sedean donne e donzelle,
Fior di beltà, fior di guerresche altiere
Ghibelline prosapie. E di rincontro
Ardendo in mezzo d'odorata selva
Il focolar, tu dritto in piedi tutta
Ergei la testa su i minor baroni,
Caro a gli esuli e a' vati, o Malaspina.
Posava in pugno al cavaliere un bello
Astor maniero, e, quando varia al vento
Saltellante la grandine picchiava
Le vetrate e imbiancava il fuggitivo
Balen le appese a' muri armi corusche,
Ei l'ale dibatteva, il serpentino
Collo snodando, e uno stridor mettea
Rauco di gioia: ardeagli nel grifagno
Occhio l'amor de le apuane cime
Natie, libere: ardea, nobile augello,
In tra i folgori a vol tendere su' nembi.
E fiso un paggio lo guatava, a' piedi
Seduto del signor: fuggìasi anch'esso
In su l'ale de' venti co 'l desio
Fuor de la sala, e valicava i monti
Da l'insana procella esercitati
E le selve grondanti, e tra 'l tonante
Romor de le lontane acque lo scroscio
Del fiume ei distinguea cui siede a specchio
La capanna di sua madre vassalla.
Ma non al paggio né a l'astor, trastullo
De gli ozi suoi, volgeva occhio il barone,
Sì atteso egli pendea da la soave
Loquela di Sennuccio, e sì 'l tenea
D'un compagno di lui l'alta sembianza,
Di Gualfredo Ubaldini. E, poi che tacque
Sennuccio, il pro' marchese incominciava:
— Deh come par che il cielo anco s'attristi
E pianga di Toscana in su le soglie,
Quando un poeta si dilunga! O cieca
E diserta Firenze, or che ti resta
Altro che frati e bottegai! Le vie
De l'esiglio fioriscono d'allori
A' poeti raminghi, e loro è d'ombre
E di corone larga ogni cittade
Ogni castello. Oh, quando abbiavi il dolce
Paese di Provenza e voi ristori
Cortesia di signor beltà di donne,
Non v'incresca, per dio, di questa Italia
Vedova trista, ch'ognor più dimagra
E di buoni e di ben. Ma, se spiacente
Il castel di Mulazzo e 'l castellano
A voi non parve, se mercé d'amore
Vinca l'ambascia de la dura via,

Non vorrete, Sennuccio, or consolarne
D'un amoroso canto? — E pur tacendo
Il marchese chiedeva: un mormorio
D'assenso di preghiere e d'aspettanza
Levossi intorno. S'inchinò il poeta,
E — Tristi — disse — fian le rime, quali
Nostra fortuna le richiede e 'l tempo. —
Disse: e intonava pietoso il canto.
«Amor mi sforza di dover cantare
E lamentare — in questa ballatetta.
Angela venne de la terza spera
Qui dove l'aer verna, e chiuse il volo:
Poi, tutta accesa in quella luce mera
Che arde là sovra del nostro polo,
In vista umana patìa noia e duolo
Conversando tra noi quest'angeletta.
Ove spirava l'aura gentile,
Sùbito amore possedea quel loco:
Ivi ridea novellamente aprile
E vampava ne l'aere un dolce foco:
Ma distringeva i cuori a poco a poco
Quasi una pena, e dolce era la stretta.
Ognun diceva — Ov'ella gli occhi gira,
Ed ivi tosto ogni virtù è fiorita,
Cade ogni mal volere e fugge l'ira,
E dolce s'incomincia a far la vita:
A lei d'intorno a gran diletto unita
La gente per valer sua voce aspetta. —
A più alto sperar n'era argomento
Il riso bel ch'io non saprei ridire.
Io conto il ver: la voce era un concento
Di lontane armonie, di strane lire,
E retro la memoria facea gire
Ad una vita che ne fu disdetta.
Miracolo a veder sua gran vaghezza
Facea del cielo ragionare altrui.
— Ecco, io vi mostro di quella dolcezza
Che tutto adempie il regno d'ond'io fui —
Queste parole eran ne gli occhi sui;
Pur chini li tenea la verginetta.
Mi fe' pensoso di paura forte
Il portamento suo celestiale.
M'indusser gli occhi a desiar la morte
Ne la lor pace che non è mortale:
Ma poi, temendo non mettesse l'ale,
Dissi, com'uom in cui desir s'affretta:
— Se ben si pare a le fattezze tue,
Tu fusti nata in cielo a l'armonia;
E mi fai rimembrar Psiche qual fue
Quando sposa d'Amor tra i numi uscia.
Tardi ritorna a la spera natia!
Donami ch'io t'adori, o forma eletta! —

Così le dissi ne' sospiri. Ed ella
De gli occhi suoi levar mi fece dono,
Ahi quanto vagamente! E ne la bella
Vista divenni altr'uom da quel ch'io sono:
Visibilmente Amor, come in suo trono,
Luceva in fronte a questa pargoletta.
— Piacer che move de la mia persona
Conforti anco per poco i pensier tui;
Ch'i' sento quel signor che la mi dona
Che a sé mi sforza; e cosa i' son da lui:
Non fa per me di questi luoghi bui
La stanza, e poco vostro amor mi alletta. —
Cotal suonò di quella onesta e vaga
La voce pia ch'ella imparò dal cielo,
Gli occhi belli avvallando; e di sé paga
L'alma raggiò desio fuor di suo velo:
Tutta ella ardea di pietoso zelo
Qual peregrino cui 'l tornar diletta.
Ahi me, la noia del dolente esiglio
Quest'angeletta mia presto ebbe stanca!
E venne meno come novo giglio
Cui 'l ciel fallisce e 'l vento fresco manca.
Ella posò come persona stanca,
E poi se ne partì, la giovinetta.
Partissi, e si partiro una con lei
Amor e poesia dal nostro mondo.
Da indi in qua cercaron gli occhi miei
Per giocondezza, e nulla è lor giocondo:
Sollazzo e festa per me giace in fondo:
Sol chiamo il nome de la mia diletta.
Ahi lasso! e, quando la stagion novella
Rallegra i cori e fa pensar d'amore,
Vien ne la mente mia la donna bella
Che mi fu tolta; ond'io vivo in dolore.
Chiamo il suo nome, e mi risponde il core:
Lasso, che cerchi? altrove ella è perfetta".
Così cantò Sennuccio: e gran pietate
De le donne gentili i petti strinse;
E dolorosa un'ombra in su le fronti
De' guerrieri abbronzate errava, come
Se un gran fato presente a ogn'un toccasse
Le menti, e raro il favellar s'accese
Su l'oscura ed estrema ora del magno
Arrigo. — Al morto imperator conceda
Dio, la sua pace: a lui gloria ne' canti,
Imperator de le toscane rime,
Dante darà: noi la vendetta. Ancora
Su le torri pisane ondeggia al vento
Il sacro segno, ed Uguccione intorno
Fior di prodi v'accoglie e di speranze.
Lombardia freme; e un cavalier novello,
Sprezzator di riposo e di perigli,

Leva tra i due mastin l'aquila invitta.
Se Dio n'aiuti, rivedrem, Sennuccio,
De' guelfi il tergo; rivedrem le belle,
Che ne disser piagnendo il lungo addio,
Facce d'amore. Oh, di Mugel selvoso
Ne le dolci castella una m'aspetta;
E di memorie io vivo e di speranza.
Liete rime troviam. Reca, o fanciullo,
Qua la mandòla; se di Cino usata
E di Dante a gli accordi, essa e la bella
Marchesa Malaspina il canto accolga. —
Così disse Gualfredo. A lui l'azzurro
Occhio splendea come l'acciar de l'else;
E su 'l verde mantel di sotto al tòcco
Bianco e vermiglio gli piovea la bionda
Giovenil capelliera a mo' di nube
Aurea che attinge da l'occiduo sole
Le tue valli non tcche, ermo Apennino.
D'un molle riso gli assentì la dama
Donnescamente; e recò destro il paggio
La dipinta mandòla. In su le quattro
Fila correan del cavalier le dita,
Piane, lente, soavi; e poi di tratto
Rapide flagellando risonaro.
Come pioggia d'aprile a la campagna,
Che bacia i fiori e su le larghe fronde
Crepita: ride tra le nubi il sole
E ne le gocce pendole si frange;
Getta odore la terra; l'ali bagna
La passeretta, al ciel levasi e trilla:
Tal di Gualfredo il suono era ed il canto.
Chi renderlo potrebbe oggi che fede
Non tien la lingua a l'abondante core?
«Luce d'amore che 'l mio cor saluta
E intelligenza e vita entro vi cria
Move dal riso de la donna mia.
I' dico che giacea l'anima stanca
In su la soglia de la vita nova,
Qual peregrino a cui la forza manca
E vento greve il batte e fredda piova,
Che vinto cade, e lontan pur gli giova
Mirar la terra dolce che il nutria.
Così l'anima trista si smarriva
Abbandonata de la sua virtute,
E il caro tempo giovenil fuggiva,
E tutte cose intorno erano mute:
Ma a confortarla di fresca virtute
Una beata vision venìa.
Fanciulla io vidi di gentil bellezza
Creata con desio nel paradiso:
Luceva la sua gaia giovinezza
Nel piacimento del sereno viso,

E tutta la persona era un sorriso
E ogni atto ed ogni accento un'armonia.
La bruna luce de' begli occhi onesti
E la dolcezza del guardo d'amore
Svegliò gli spirti che dormiano, e questi
Gridaron forte su 'l distrutto core;
Che levò e disse — L'anima che more
Ne le tue man commetto, angela pia.
Vedi la vita mia com'ella è forte,
Come ha già da vicin l'ultime strida.
O donna, io giaccio in signoria di morte,
E la poca virtute omai si sfida;
Se non che uno splendor novo l'affida
Ch'or mi s'offerse, e di tua vista uscia. —
Ella nel suon de i dolorosi accenti
Rivolse gli occhi de la sua mercede,
E co' guardi tenaci umidi e lenti
Diemmi d'amore intendimento e fede:
Quindi un novo desio nel cor mi siede,
Quanto mutato, oh dio!, da quel di pria.
Ché Amore io vidi ne l'aperto giorno
Gloriar come re ch'è trionfante,
E gioia e luce e chiaritade intorno
Ed una pace che non ha sembiante:
Egli si pose in quelle luci sante,
Com'angel contemplando arde e s'indìa.
Da indi in qua sonare odo per l'etra
Una soave melodia novella,
Come da ignoti elisi aura di cetra,
Come armonia di più felice stella;
E sempre questa creatura bella
D'amor mi parla ne la fantasia.
D'amor mi parla ogni creata cosa,
E il cielo aperto e la foresta bruna,
E la verde campagna dilettosa,
E gli silenzi de la bianca luna;
E d'ogni aspetto in cor mi si rauna
Un'alta voluttà che mi disvia.
Cotal si ruppe quel gelato smalto
In che il cuor si chiudea per fatal danno:
Quindi d'amarla in me stesso m'esalto,
Quindi per gloria e per virtù m'affanno,
Che se durasse il mio vitale inganno,
Altro lo spirto mio non chiederia.
Lungi io me 'n vo. Ma per paese strano,
Per vaga donna o per gentil signore,
Non fia che scordi il bel sembiante umano
Non fia che scordi il mio solingo amore,
La terra dove s'apre il bianco fiore,
Dove regna virtude e cortesia.
Deh la rivegga! E il riso desiato
Ogni nero pensier del cor mi cacci;

E, quando sienmi contro il mondo e il fato,
Mi trabocchi nel seno ella e m'abbracci.
Ben io constretto in que' soavi lacci
Torrò sicuro ogni fortuna ria".
Così cantò Gualfredo: e da i vermigli
Labbri de le fanciulle a lui volaro
I desideri e i baci, qual da' fiori
Belle, carche di miele, api ronzanti.

XV
A P.E.
IN MORTE DI MARIA SUA MOGLIE
I tiranni cui Nemesi divelle
Tornano in pietre di sì reo livore
Ch'ogni piè gli urti; e chi servo ebbe il core
Fango divien ch'ogni orma rinnovelle.
Ma le donne gentili oneste e belle
Che un solingo arse in terra unico amore
Solvonsi in aere, e del mattin su l'ore
Raggiano il puro ciel, virginee stelle.
Ivi è Maria: e, se per l'alta calma
Vien che rotando a lei l'orbe si mostri
Piccioletto e di sangue atro e di pianto,
Del lungo sguardo che tu amasti tanto
Fende ella il fumo de' peccati nostri
Te ricercando, Piero, e la vostr'Alma.

LIBRO II

XVI

PER LA PROCLAMAZIONE DEL REGNO D'ITALIA

Suono di trasvolanti
Ale e tremor di luminose forme
I sereni del ciel deserti empiea,
E da le caliganti
Isole al mar che sotto Pola dorme
Una stupenda vision splendea,
Quel dì che di Palestro il cavaliero
Coronossi del bello italo impero.

Veniano giovinette
Anime a coro, e ardea la nova etate
Nel segno del martir più radiosa;
Nel puro lume erette
Venian fronti pensose, incoronate
Di secura canizie gloriosa;
Sacerdoti e guerrieri, ed inspirati
Sofi ed artisti, e contemplanti vati.

Tuoi figli, Italia. E il giorno
Che 'l tuo nome attestâr, non di frequente
Popolo gli cerchiava onda solenne.
Duro silenzio intorno,
E il ceffo del carnefice imminente,
E l'atro coruscar de la bipenne.
Chinârsi: e te cercò l'occhio smarrito
Tra 'l dileguar del mondo e l'infinito.

Quei le livide note
Mostran del laccio, a quei solco vermiglio
Viaggia il collo e 'l fero taglio attesta:
Chi da l'occhiaie vòte
Tabe distilla, e chi tra ciglio e ciglio
Franta dal piombo ha la superba testa.
Ma come sol levante or lampeggiando
Splende ogni piaga; e procedon cantando.

— Sei tu, sei tu, che al forte
Sposo poggiata da gli avelli oscuri,
Reina di virtude, il soglio premi?
Oh sei tu cui la morte
Trionfi maturava e i morituri
Salutâr lieti ne' sospiri estremi?
Salutaro immortal come la bella
Che t'irraggia la fronte esperia stella?

O surta negli amari
Tramiti de l'esilio, o de' sepulti
Tra l'urne in sospettose ombre nudrita;
Chi nel dolor t'è pari?
Chi ne la gloria? A' barbari tumulti
Nel sol de le battaglie a pena uscita,
Tu pugni e vinci, t'addimostri e regni,
E novo ordin di tempi al mondo insegni.

Madre e signora nostra,
Idea de' sapienti, amor de' vati,
E sommo premio a chi per te morìa,
Il tuo cinto s'inostra
Nel sangue de gli eroi che Dio t'ha dati.
Verde ride il tuo velo a la giulìa
Primavera d'amore, ondeggia bianco
Il regal manto da l'augusto fianco.
Te non furor di brando
Non di coperte industrie avvolgimento
Serena rilevò ne l'alto stato;
Ma fede che inneggiando
Sorvola a i roghi, ma speme che al lento
Ceppo s'invola co 'l pensiero alato,
Ma carità che di più forte stampa
Segna l'ordin civile e al bene avvampa.
Da lacrimosa etade
Non chiede il regno tuo titol bugiardo
Che bestemmiando Dio da Dio si dice,
Quando le poche spade
Mieteano i molti, ed il terror codardo,
Partite anime e terre, ebbe tutrice
Del delitto la forza: un fiero e stolto
Su gli scudi barbarici soffolto.
Tu de l'eterno dritto
Vendicatrice e de le nove genti
Araldo, Italia, il Campidoglio ascendi.
Tuoni il romano editto
Con altra voce, e a' popoli gementi
Ne l'ombra de la morte, Italia, splendi.
Accorran teco a la suprema guerra
Gli schiavi sparsi su l'oppressa terra.

XVII

IN MORTE DI G. B. NICCOLINI

Fra terra e ciel su l'Aventin famoso
Secreto un tempio de' mortali al guardo
D'altro e purpureo lume adorno splende:
Lì non caliga il fumo sanguinoso
Di Vatican, cede il clamor bugiardo
Al silenzio che tutto il luogo prende:
Però ch'eterno il tuo foco s'accende
Ivi, italica Vesta, e l'aura e il seme
De gli spiriti magni, e le faville
Onde a le nostre ville
Inesausta d'onor la vampa freme
E petti incende a mille
E i civili dettati illustra e i carmi
E folgora i tiranni e move l'armi.
Qui lo spirto erse il vol: qui festeggiando
Lo circonfuse di più fiamme un lume

Che avean di roteanti astri sembianza,
E cinselo e girossi; e armonizzando
Alta e soave oltre l'uman costume
Voce sonò da la beata danza.
— Al loco onde si parte ogni possanza
Che l'italica vita informa e inizia
Tornasti, o vate, e a l'immortal dimora.
Vedi! Chi pria s'infiora
In questa luce, di martir primizia
Surse ne l'ultim'ora
Di Roma, e a lei seren l'alma e la fede
E a le gotiche verghe il corpo diede.
Boezio egli è, di cui fu culto il nome
D'inni e votivo grido in su 'l Ticino
Mentre Italia premea scitico verno.
Ecco di fregio consolar le chiome
Cinto chi volle il bel nome latino
Trarre al teutono impero e al duro scherno,
Ecco Crescenzio! E al Campidoglio eterno
Su' vestigi di gloria anche splendenti
Roma drizzai pur io: ma, il rogo asceso
Da religion acceso,
Lasciai di libertade in fra le genti
L'alto desir conteso:
Però ch'io che d'amor più in te mi scaldo,
O spirito fraterno, io sono Arnaldo. —
Folgoraron d'un riso, e in un amplesso
D'ardor congiunte le due luci dive
Disser parole sol da loro intese:
Di lor gaudio parea godere anch'esso
L'alto concilio, e 'n ruote più giulive
La benedetta danza si raccese.
Fiammeggiò nuovo spirito, e riprese:
— Io 'l bel desire e la tua fede questi
Raccolse, ed, ahi, de' re chercuti l'ira.
Ma inneggiando a la pira
La fé sorvola; e a' popoli ridesti,
Rotto l'avello, spira
Da l'ossa nostre l'immortal parola.
Io fui 'l tribuno, ed ei Savonarola.
Maggior de' tempi e de l'obliquo fato,
Degno a cui il cielo altra più vasta lode
Che seguir morte e l'alta idea donasse,
Questo è 'l fulgore del lucchese Arato,
Ultimo che a le vostre occidue prode
La fuggitiva libertà raggiasse.

XVIII

NEI PRIMI GIORNI DEL MDCCCLXII

A i campi che verdeggiano
Più lieti al ciel da la straniera clade
Splendi, nov'anno; esultino
Nude ne' raggi tuoi l'itale spade.

A te le braccia e l'animo
De la Narenta da l'irriguo piano
E di Cettigna indomita
Dal pinifero vertice montano

Leva il Serbo; ma 'l vindice
Acciar non pone, che pur or gioiva
Percotendo a l'osmanico
Furore il tergo obbrobrioso in Piva.

Te chiama il figlio d'Ellade
Sovra le tombe de' suoi padri eretto;
E acceso de la memore
Speranza e d'ira l'innovato petto

Guarda a le rupi tessale
Onde Orfeo scese e il re de' prodi Achille,
A l'Egeo sacro, a l'isole
Radianti d'omeriche faville;

Guarda, e i fraterni vincoli
Rompe e l'oblique bavare dimore.
Preme, ancor preme i barbari
Di Riga il canto e di Bozzàri il core.

In vano in van la tunica
Del profeta guerrier tu spieghi a' venti,
A turpe gregge l'àlacre
Fé d'Ali chiedi in van, e de i credenti.

Ben tre fiate l'invido
Timor de' regi ti campò da morte:
Lèvati omai, del Bosforo
L'onde ritenta e le asiane porte.

Lungi da noi la putrida
Stirpe cui regna il fato, e a l'infelice
Servaggio ed a l'immobile
Ozio e a le tombe, preda ignava, addice.

Ma non fia già che il limpido
Sol riconforti ed Elle argentea lavi
Te falso Tito sarmata,
Te gloriato redentor di schiavi.

Perché là su la Vistola
Tutta una plebe a Dio grida e si duole,
E il ferro entro le fauci
Tronca l'inerme priego e le parole?

Perché le madri accusano
Fioche ne' pianti i siberiani esigli
E a la terra e a l'oceano
Chieggon le sparse, ohimé, tombe de' figli?

Bella ed austera vindice
Su i larghi mar cammina alta una dea:

Arde di amore il nubilo
Ciel da' suoi lumi e 'l pigro suol ricrea.
Ratta più che il fulmineo
Piè de' polledri ucrani, eccola! e l'asta
Incontro a lei da l'ispido
Tuo cosacco vibrata, o Czar, non basta.
È la dea che l'iberica
Donna sgomenta: in van s'abbraccia a l'ara
La peccatrice, e i lugubri
Odi rattizza e i fochi atri prepara.
È la dea cui discredere
Di Federico la progenie estrema
Osa e dal ciel ripetere
Lo scettro e il percussòr ferro e 'l diadema:
Ma Dio non tempra, o misero,
Serti a i re; forza a le sue plebi infonde,
E 'l vasto grido suscita
Che di terror gli eserciti confonde.
È la dea che de' vigili
Occhi circonda il sir de' Franchi, e aspetta;
E a noi mostra i romulei
Colli e il mar d'Adria e l'ultima vendetta.
E tu ne la man parvola,
Siccome verghe in tenue fascio unite,
Tu vuoi di sette popoli
Stringere, Asburgo, le discordi vite?
La colpa antica ingenera
Error novi e la pena: informe attende
Ella, e il giusto giudicio
Provocato da gli avi in te distende.
E d'Arad e di Mantova
Si scoverchiano orribili le tombe:
S'affaccia a l'Alpi retiche
Lo spettro di Capeto e al soglio incombe.
Astieni, astien la vergine
Man da la scure e da i lavacri orrendi,
E intemerata a i popoli
Che si drizzan a te, libertà, splendi.
Fuma a' tuoi piè la folgore,
Nunzia su le tue vie va la procella,
Ma ne gli sguardi tremola
Lume gentil di matutina stella.
Deh non voler che vìoli
Regia prora del tuo Franklin i flutti:
Il sangue al fin di Bròuno
Vendica, o giusta, e del servaggio i lutti.
Pianta le insegne italiche
Di Roma tua su i mal vietati spaldi,
Guida tonando a l'Adige
La secura virtù di Garibaldi.
E poi ne torna l'utile
Pace e a gli aratri l'obliato onore,

L'arti che a te fioriscono
E de' commerci aviti il lieto ardore.
A te cori di vergini
E di garzoni inghirlandati ogni anno
Ricondurrà; le tremole
Facce de' padri a te sorrideranno.
E un tuo vate, la ferrea
D'Alceo corda quetata, in su le glebe
Dal pio travaglio floride
Leverà il canto e la fraterna plebe.

XIX

PER LA SPEDIZIONE DEL MESSICO
O albergo di tiranni, o prigion fella
Di plebi oppresse lacerate e smorte,
Fucina di servaggio ove ritorte
Ad ogni gente tirannia martella;
Chiama, Europa, a' tuoi segni anco la morte,
Altre d'uomini vite, empia, macella,
Sì ch'a i liti da te franchi la bella
Tua libertà vizi e catene apporte.
Ancella Francia ad ogni reo potere,
Spagna feroce, ed Anglia mercantesca
A novelli trionfi empion le schiere.
A un affamato regolo nov'esca
Offron d'anime e terre. O imprese altere,
Fin che di sua viltade al mondo incresca!

XX

ANCHE PER LA STESSA
Timor, pudore, o de l'avito orgoglio
Spirito alcun ritragge gli altri: ei resta,
Ei consuma da sol l'inclita gesta,
Solo prepara il disonesto spoglio.
Ei, che guatò ladron notturno al soglio
Tra i romani cadaveri la testa
Lento rizzando, or con novel rigoglio
Sente l'antica fame entro ridesta.
E cerca oltre la franca onda d'Atlante
Repubbliche altre ch'ei soffoghi e spenga,
Di libertade insidioso amante;
Traccia altri armenti che in sua tana ei tenga,
Caco imperial. Deh, Libertade, errante
Alcide, quando fia che tu sorvenga!

XXI
ROMA O MORTE
Qual voce da i fatali
Tuoi colli, o Roma, un sacro eco rintona
D'editto consolar sopra le genti?
I sepolti immortali
Luminosi di tutta la persona
Che sorgono a chiamar da i monumenti?
O madre alma, o parenti
Del popol nostro, in su 'l bimare lido
Ovunque il sol d'itala vita accende
A' petti una scintilla,
Ogni man chiede l'armi al vostro grido,
Ogni cuor batte procelloso, splende
Di lacrime e furore ogni pupilla,
E gloria e morte ogni desio sfavilla.
L'udì pria l'aspettante
Di Caprera leon: con un ruggito
Fiutando la battaglia alzò la testa,
E saltò fuor. Le sante
Ombre accorrendo al dittator romito
Lo circondâr con rombo di tempesta.
E già l'inclita gesta
Prende ogni mente giovanil: chiamare
Novellamente pare
Giù da Marsala un lieto suon di tromba
Sparso a gl'itali venti.
I pii vecchi lasciâr, le donne care;
E te Roma cercando od una tomba,
Tentan con man le piaghe ancora ardenti
Sotto il saio vermiglio, e van fidenti.

XXII
DOPO ASPROMONTE
Fuggon, ahi fuggon rapidi
Gl'irrevocabili anni!
E sempre schiavi fremere,
Sempre insultar tiranni,
Ovunque il guardo e l'animo
Interrogando invio,
Odomi intorno; ed armasi
Pur d'odio il canto mio.
Sperai, sperai che, il ferreo
Tempo de l'ire vòlto,
Io libero tra i liberi,
A liete mense accolto,
Potrei ne' voti unanimi
Seguir con l'inno alato
L'ascension de' popoli
Su per le vie del fato.
Tal salutando Armodio

Incoronar le cene
Solea tornata a civica
Egualitade Atene:
Fremean gli aerei portici
Al canto, e Salamina
Rosea del sole occiduo
Ridea da la marina:
Pensoso udia Trasìbulo,
E nel bel fior de gli anni
La fronte radiavagli,
Minaccia de' tiranni.
Oh, ancor nel mirto ascondere
Convien le spade: ancora
L'antico e il nuovo obbrobrio
Ci fiede e ci addolora.
O libertà, sollecita
Speme de' padri e nostra.
Sangue di nuovi martiri
Il tuo bel velo inostra;
Né da te gl'inni movono
Dove Rattazzi impera
E geme in ceppi il vindice
Trasibul di Caprera.
Oh de l'eroe, del povero
Ferito al carcer muto
Portate, o venti italici.
Il mio primier saluto.
Evviva a te, magnanimo
Ribelle! a la tua fronte
Più sacri lauri crebbero
Le selve d'Aspromonte.
Spada il tuo nome (o improvvido,
Ei non ti fu lorica),
Tu solo ardisti insorgere
Contro l'Europa antica.
Chi vinse te? Deh, cessino
I vanti disonesti:
Te vinse amor di patria
E nel cader vincesti.
Evviva a te, magnanimo
Ribelle e precursore!
Il culto a te de' posteri,
Con te d'Italia è il cuore!
Io bevo al dì che fausto
L'eterna Roma schiuda,
Non a' Seiani ignobili,
A i Tigellini, a i Giuda,
Sì a libertà che vindice
De l'umano pensiero
Spezzi la falsa cattedra
Del successor di Piero.
Io bevo al dì che tingere

Al masnadier di Francia
Dee di tremante e luteo
Pallor l'oscena guancia.
Ferma, o pugnal che in Cesare
Festi al regnar divieto,
O scure a cui mal docile
S'inginocchiò Capeto!
Sacro è costui: segnavalo
Co 'l dito suo divino
La libertà: risparmisi
L'imperial Caino.
Viva; e un urlar di vittime
Da i gorghi de la Senna
E da le fosse putride
De la feral Caienna
Lo insegua: e, spettri lividi
Con gli spioventi crini,
— Sii maledetto — gridingli
Mameli e Morosini.
— Sii maledetto — e d'odio
Con inesauste brame
I fratricidi il premano
Onde Aspromonte è infame.
Viva: insignito gli omeri
De la casacca gialla,
Al piè, che due repubbliche
Schiacciò, la ferrea palla,
Di sua vecchiezza ignobile
Contamini Tolone
Ove la prima folgore
Scagliò Napoleone.
Ahi, grave è l'odio e sterile,
Stanco il mio cuor de l'ire:
Splendi e m'arridi, o candida
Luce de l'avvenire!
Arridi! i nostri parvoli
Che a te veder son nati
Io t'accomando: ei vivano
Del raggio tuo beati.
A terra i serti e l'infule!
In pezzi, o inique spade!
Sole nel mondo regnino
Giustizia e libertade!
O dee, ne la perpetua
Ombra si chiuderanno
Quest'occhi, e il vostro imperio
In van ricercheranno.
O dee, ma, quando cmpiansi
L'età vaticinate,
Di vostra gloria un alito
Su l'avel mio mandate.
Io 'l sentirò: superstite

A i fati è amor: e vive
Esulteran le ceneri
Del vostro vate, o dive.
Or distruggiam. De i secoli
Lo strato è su 'l pensiero:
O pochi e forti, a l'opera,
Ché ne i profondi è il vero.
Odio di dèi Prometeo
Arridi a' figli tuoi.
Solcàti ancor dal fulmine,
Pur l'avvenir siam noi.

XXIII
CARNEVALE
VOCE DAI PALAZZI
E tu, se d'echeggianti
Valli, o borea, dal grembo, o errando in selva
Di pin canora, o stretto in chiostri orrendi,
Voce d'umani pianti
E sibilo di tibie e de la belva
Ferita il rugghio in mille suoni rendi,
Borea, mi piaci. E te, solingo verno,
Là su quell'alpe volentieri io scerno.
Una caligin bianca
Empie l'aer dormente, e si confonde
Co 'l pian nevato a l'orizzonte estremo.
Tenue rosseggia e stanca
Del sol la ruota, e tra i vapor s'asconde,
Com'occhio uman di sue palpèbre scemo.
E non augel, non aura in tra le piante,
Non canto di fanciulla o viandante;
Ma il cigolar de' rami
Sotto il peso ineguale affaticati
E del gel che si fende il suono arguto.
Canti Arcadia e richiami
Zefiro e sua dolce famiglia a i prati:
Me questo di natura altiero e muto
Orror più giova. Deh risveglia, Eurilla,
Nel sopito carbon lieta favilla;
Ed in me la serena
Faccia converti e 'l lampeggiar del riso
Che primavera ove si volga adduce.
A la sonante scena
Poi ne attendono i palchi, ove dal viso
De le accolte bellezze ardore e luce
E da le chiome e da gl'inserti fiori
Spira l'april che rinnovella odori.

DAI TUGURI
Oh se co 'l vivo sangue
Del mio cor ristorare io vi potessi,

Gelide membra del figliuolo mio!
Ma inerte il cor mi langue,
E irrigiditi cadono gli amplessi,
E sordo l'uomo ed è tropp'alto Iddio.
O poverello mio, la lacrimosa
Gota a la gota di tua madre posa.
Non de la madre al seno
Il tuo fratel posò: lenta, su 'l varco
Presse gli estremi aliti suoi la neve.
Da l'opra dura, pieno
Il dì, seguiva sotto iniquo carco
I crudeli signor co 'l passo breve;
E co' l'uom congiurava a fargli guerra
L'aere implacato e la difficil terra.
Il nevischio battea
Per i laceri panni il faticoso;
E cadde, e sanguinando in van risorse.
La fame ahi gli emungea
L'ultime forze, e al fin su 'l doloroso
Passo lo vinse; e pia la morte accorse:
Poi cadavero informe e dissepolto
Lo ritornâr sotto il materno volto.
Ahimè, con miglior legge
Ripara a schermo da la gelid'aura
Aquila in rupe e belva antica in lustre,
Ed un covil protegge
Tepido i sonni ed il vigor restaura
A i can satolli entro il palagio illustre
Qui presso, dove de l'amor più forte,
Figlio de l'uomo, te mena il gelo a morte.

VOCE DALLE SALE
Mescete, or via mescete
La vendemmia che il Ren vecchia conserva
Di sue cento castella incoronato.
Gorgogli con le liete
Spume a lo sguardo e giù nel sen ci ferva
Quel che il sol ne' tuoi colli ha maturato
Cui ben Giovanna a l'Anglo un dì contese,
O di vini e d'eroi Francia cortese.
Poi ne rapisca in giro
La turbinosa danza. Oh di pompose
E bionde e nere chiome ondeggiamenti,
Oh infocato respiro
Che al tuo si mesce, oh disvelate rose,
Oh accorti a fulminare occhi fuggenti;
Mentre per mille suoni a tempra insieme
L'acuta voluttà sospira e geme!
Dolce sfiorar co 'l labro
Le accese guance, e stringer mano a mano
E del seno su 'l sen le vive nevi,
E di sua sorte fabro

Ne l'orecchio deporre il caro arcano
De le sorrise parolette brevi,
E meditar cingendo il fianco a lei
De l'espugnata forma indi i trofei.
Che se di nostre feste
Scorra su l'util plebe il beneficio
E civil carità prenda augumento;
Mercé nostra, il celeste,
Che bene e mal partì, saldo giudicio
Ha di bella pietade alleggiamento.
Noi del nostro gioir, beata prole,
Rallegriam l'universo a par del sole.

VOCE DALLE SOFFITTE
Mancava il pan, mancava
L'opra sottile a reggere la vita;
E al freddo focolar sedea tremando,
E muta mi guardava,
Pallida mi guardava e sbigottita,
La madre: e un lungo giorno iva passando
Che perseguiami quel silenzio e 'l guardo,
Quand'io lassa discesi a passo tardo.
Piovea per la brumale
Nebbia lividi raggi alta la luna
In su 'l trivio fangoso, e dispariva
Dietro le nubi: tale
Di giovinezza il lume in su la bruna
Mia vita mesto fra i dolor fuggiva.
E la man tesi: e vidimi in conspetto
Osceni ghigni; e in cor mi scese un detto
Immane. Ahi, ma più immane
Me, o superbi, premea la lunga fame
E il guardo e il viso de la madre antica.
Tornai: recai del pane:
Ma tacean del digiuno in me le brame,
Ma sollevare i gravi occhi a fatica
Sostenni; o madre, e nel tuo sen la fronte
Ascosi e del segreto animo l'onte.
Addio, d'un santo amore
Fantasie lacrimate, e voi compagne
Di questa infelicissima fanciulla!
A voi rida il candore
Del vel che la pia madre adorna e piagne,
E 'l pensier ch'erra a studio d'una culla.
Io derelitta io scompagnata seguo
Pur la traccia de l'ombre e mi dileguo.

VOCE DI SOTTERRA
Taci, o fanciulla mesta;
Taci, o dolente madre, e l'affamato
Pargol raccheta ne la notte bruna.
Fiammeggia, ecco, la festa

Da' vetri del palagio, ove il beato
De la libera patria ordin s'aduna,
E magistrati e militi tra' suoni
E dotti ed usurier mesce e baroni.
De' tuoi begli anni il fiore,
O fanciulla, intristì, chiedendo in vano
L'aer e l'amor ch'ogni animal desia;
Ma ride in quel bagliore
Di sete e d'òr, che con la bianca mano
La marchesa raccoglie e va giulìa
In danza. Or pianga e aspetti pur, che importa?
La prostituzione a la tua porta.
Quel che ne la pupilla
Del figliuol tuo gelò supremo pianto
Che tu non rasciugasti, o madre trista,
Gemma s'è fatto e brilla
Tra 'l nero crin de la banchiera. E intanto
Il leggiadro e soave economista
A lei che ride con la rosea bocca
Sentenze e baci dissertando scocca.
Gioite, trionfate,
O felici, o potenti, o larve! E quando
Il sol nuovo la plebe a l'opre caccia,
Uscite e dispiegate,
Pur la mal digerita orgia ruttando,
Le vostre pompe a' suoi digiuni in faccia;
E non sognate il dì ch'a l'auree porte
Batta la fame in compagnia di morte.

XXIV
PER LA RIVOLUZIONE DI GRECIA
Dunque presente nume ancor visiti,
Sacra Eleuteria, la terra d'Ellade,
Che già d'armi e di canti
E d'altari fumanti — ardeva a te?
E là, dal vecchio Pireo, da l'isola
Che la tua gesta racconta a i secoli,
De la fuga tremante
Tu ancor l'amaro istante — insegni a i re?
Ah viva, oh viva! Dovunque i popoli
Tu a l'armi accendi tu i troni dissipi,
Ivi è la musa mia,
De l'agil fantasia — su l'ale io son.
Deh come lieto tra il Sunio e l'isole
Care ad Omero care ad Apolline
L'azzurro Egeo mareggia,
Su cui passeggia — de' gran fatti il suon!
Infrenin regi le genti barbare,
Grecia li fuga. Veggo Demostene
Su 'l bavarico esiglio
Il torvo sopracciglio — dispianar.

Ombra contenta ricerca ei l'àgora
Che già ferveva fremeva urtavasi
De la sua voce al suono
Sì come al tuono — il nereggiante mar.
Da poi che il brando nel mirto ascosero
Armodio e il prode fratello unanime
Non mai dì più giocondo
Per Atene su 'l biondo — Imetto uscì.
Udite... È un altro fanciullo barbaro
Che Atene accatta rege. Nasconditi,
Musa: ritorna in pianto
D'Armodio il canto — a questi ignavi dì.

XXV
BRINDISI
Se già sotto l'ale
Del nero cappello
Nel vin Cromuello
Cercava il signor,
Ne' colmi bicchieri
Ricerco pur io
Men fiero un iddio,
Ricerco l'amor.
Evviva, o fratelli.
Evviva la vigna,
Il suolo ove alligna,
L'umor ch'ella dà!
A l'ombra de' tralci,
Cui 'l sol lieto ride,
L'industria s'asside
E la libertà.
O ver se fiorita
Ne gli orti d'Atene
Protesse le cene
Del vecchio Platon,
O se lussureggia
Nel suolo ove ardito
Co 'l nero infinito
Fu Vico in tenzon,
O dove tra i colli
De l'Arno giocondi
S'aprì de' tre mondi
La via spiritual,
O se del suo succo
Più puro e leggero
Scaldò di Voltèro
Il riso immortal,
Evviva la vigna
Che l'arti raccoglie,
Che il gelo discioglie
Di barbare età!

Anch'io nel suo sangue
Ricerco il signore,
Ricerco l'amore
E la libertà.
I re congiurati
Or meditan guerra,
E schiava la terra
Ne gli odi insanì.
O prole d'Arminio,
Pur io ti saluto,
Io prole di Bruto:
E bevo a quel dì
Che, su le ruine
De' trenta tuoi sogli
Deposti li orgogli
D'un evo incivil,
La man tu ci stenda
Da l'alpe gelata,
La man non più armata
Del ferro servil,
Ma sì del cristallo
Che Praga lavora
E il vino colora
Del limpido Ren.
Risplenda su l'urne
De' vostri riposi,
O padri ringhiosi,
Quel giorno seren:
Risplenda: ne' voti
A l'itala mano
Francata Murano
La tazza darà.
Su l'alpe arridendo
Le avverse contrade
La dea libertade
Quei voti accorrà.

XXVI
NEL SESTO CENTENARIO DI DANTE

I
Io 'l vidi. Su l'avello iscoverchiato
Erto l'imperial vate levosse:
Allor la sua marina Adria commosse,
E tremò de l'Italia il manco lato.
Qual vapor mattutino ei nel purgato
Etere surto a l'Appennino mosse:
Drizzò lo sguardo a valle, e poi calosse
Come nembo di lampi incoronato.
Sentir l'arcana deità presente
Le plebi de' mortali e sbigottita
Nel cospetto di lui tacque ogni mente:
Ma fuor de l'arche antiche al sole uscita
De' savi e de' guerrier la morta gente
Salutò la grand'anima redìta.

II
Ella ove incurva il ciel più alto l'arco
Fermossi, e 'l viso a la città distese.
Mirò l'itale insegne, e l'occhio carco
Di lacrime in un riso almo si accese.
Ma, come d'atro velo ombrate e offese
Vide, Quirin, la tua, la tua, San Marco,
De l'immortale amore al sen raccese
Sentì le punte, e ruppe a l'ira il varco.
— Ahi, serva Italia, di dolore ostello
Ancor la lupa t'impedisce, e doma
Gli spirti tuoi domestico flagello.
Mal rechi a l'Arno la mal carca soma:
Non questo è il nido del latino augello:
Su, ribelli, e spergiuri, a Roma, a Roma!

III
Disse, e movea. Come ne' turbin torti
Groppo di nubi rapide su' venti,
De' magnanimi eroi di vita spenti
Seguian l'ombre partite in due coorti.
Gli uni, in pruove di guerra anime forti,
Scendean sinistri vèr le adriache genti:
Oh, quando i vivi a te salvar son lenti,
Sacra Italia, per te pugnino i morti!
Gli altri, a filosofar menti divine,
Dietro il poeta che splendea primiero
Le famose attingean rive latine.
Quel che avvenne, non so: ma tosto, io spero,
Rifiorita d'onor su le ruine
Roma libera fia da l'adultèro.

XXVII
CURTATONE E MONTANARA
Di Maro il fiume e 'l verde pian, che tanta
Mal vendicata, ahimè, virtù rinserra,
Sonerà vostre lodi, o sacra, o santa
Primavera d'eroi de la mia terra.
Non l'Arno più. Di regi ostri s'ammanta
La città del Ferrucci e a voi fa guerra;
Da i servi fasti il vostro culto schianta;
De gli avi il tempio a voi contende e serra.
O di martiri vulgo, anime ignude,
Fuora!.. Troppo gran peso a la memoria
È la vostra gentil plebea virtude.
Posate in grembo de l'ultrice istoria:
Qui ogni cosa ruina in servitude;
Qui de' felici è tutto, anche la gloria.

XXVIII
ROMA
Date al vento le chiome, isfavillanti
Gli occhi glauchi, del sen nuda il candore,
Salti su 'l cocchio; e l'impeto e il terrore
Van con fremito anelo a te d'avanti.
L'ombra del tuo cimier l'aure tremanti,
Come di ferrugigno astro il bagliore,
Trasvola; e de le tue ruote al fragore
Segue la polve de gl'imperi infranti.
Tale, o Roma, vedean le genti dome
La imagin tua ne' lor terrori antichi:
Oggi una mitra a le regali chiome,
Oggi un rosario che la man t'implìchi
Darti vorrien per sempre. Oh ancor del nome
Spauri il mondo e i secoli affatichi!

XXIX
PER IL TRASPORTO DELLE RELIQUIE DI UGO FOSCOLO IN SANTA CROCE
(24 giugno 1871)
Raggia di luce un riso
Da i marmi che d'argiva anima infusi
Vivono dèi ne le medicee sale,
Un fremito improviso
Corre lungo i severi archi dischiusi
De l'alta Santa Croce, or che immortale
De' numi e de' poeti a le serene
Sedi il molto aspettato Ugo riviene.
O vate che nel canto
La bellezza e la morte e di Mimnermo
Il senso al pianto del Petrarca annodi,
Vieni e posa nel santo
Luogo di gloria, nel solenne ed ermo

Tempio de' padri; al tumolo custodi
Son qui l'itale muse, e la divina
Venere arride in vetta a la collina.
Di rose e laureti
Ella ti adorna con eterne feste
Le note a l'Alighier contrade austere,
E i colli e gli oliveti,
Che il tuo verso di luce anco riveste,
Come la luna, a le adorate sere
Che forse nel desio de la tua lira
Da Bellosguardo il rusignol sospira.
Chi a le libere muse
Puro si addisse e per l'augusto vero
Spregiò vulghi e tiranni e 'l fato a prova,
Chi al popol suo dischiuse
Dal cor profondo e da l'ingegno altero
L'onda e la luce de la vita nova,
Ben posa qui da la mortal fatica
A l'ombra de la grande Italia antica.
Vivi tu, conscio spirto,
Forse, e da i verdi elisi, ove te Dante
Per mano addusse al gran veglio smirnèo
E tra l'ombroso mirto
Saffo ti ride e in gioventù raggiante
Teco d'armi e d'amor favella Alceo,
Rivli ombra placata, e de' nipoti
Ascolti il lacrimoso inno ed i vti?
O ver nudo pensiero
Vivi ne l'universa alma che solve,
Rinnovellando ognor, le forme antiche?
E noi, te di severo
Culto onorando ne la muta polve,
Questa diva onoriamo umana Psiche
Che i secoli, varcando, adempie e schiara?
Pietra a i servi le tombe, a noi son ara.
Ma di Carrara i monti
Marmo non dan che paghi la ferita
Del poeta e i dolori ignoti e soli,
O belle ardite fronti
Ove s'impenna il sogno or de la vita,
Se quindi a voi gentil desio non voli,
Gentil desio di glorie e di dolori:
O gioventù d'Italia, in alto i cori!
Meglio le ingiurie e i danni
De la virtude in solitaria parte,
Che assidersi co' i vili a regia mensa:
Meglio trascorrer gli anni
Ne l'ombra de l'oblio, che vender l'arte
A cui d'ignobil fama aure dispensa:
Meglio i nembi sfidare al monte in cima,
Che belar gregge ne la valle opima.
Co 'l bello italo regno

Non crebber l'alme, e per più largo cielo,
Qual farfalletta in cui formazion falla,
Svolazza il breve ingegno:
Giacquer gli eroi; sogghigna, e senza velo
La fronte oscena e la deforme spalla
Da la verga d'Ulisse illividite
Su 'l tumulo d'Aiace erge Tersite.
Qual gittò tra le genti
Pensier l'Italia? in su l'antica fronte
Qual astro ride a l'avvenir d'amore?
Alte parole, e lenti
Umili fatti! Ahi, ahi; mal con le impronte
De le catene a i polsi e più nel core,
Mal con la mente da l'ignavia doma,
Mal si risale il Campidoglio e Roma!
Patria di grandi e forti,
Il tuo fato qual è? Se tal risponde
A gli avi suoi tuttor questa mal viva
Gente, l'ossa de' morti
A che gravar di marmi? Io l'onde a l'onde
Impreco avverse in su la doppia riva,
E da i ridesti in Apennin vulcani
Pioggia di fuoco a i nostri dolci piani.